달떡

먹으러 갈래?

要不要去吃月饼?

在地球一个美丽的城市里住着琦琦和舒兒。
琦琦和舒兒从小就是好朋友,
琦琦是在中国出生,跟着父母和外婆来到了叫韩国的国家。
有一天跟琦琦一起生活的外婆生病住院了,
琦琦的父母因急忙去医院,把琦琦拜托到舒兒的家。
从小跟着外婆长大的琦琦,没有外婆的夜晚害怕及孤单。

반짝반짝 지구별 예쁜 동네에는 키키와 솔아가 살고 있어요.
키키와 솔아는 어릴 적부터 단짝이에요.
키키는 중국에서 태어났지만, 부모님과 외할머니를 따라 한국으로 왔지요.
그러던 어느 날, 한집에 살던 외할머니가 많이 아프셔서 병원에 입원하게 되었어요.
키키 부모님은 급히 병원에 가느라 솔아네 집에 키키를 맡기게 되었어요.
어릴 적부터 외할머니와 살았던 키키는
외할머니가 없는 깜깜한 밤이 무섭고 허전했지요.

躺在舒兒旁边的琦琦难以入眠。

看琦琦翻来覆去舒兒问道："你在想外婆吧？"

"嗯！外婆的病情好像很严重。好怀念外婆常常给我讲的故事及外婆温暖的拥抱"

"琦琦不要闷闷不乐，你一边想着外婆，

一边给我讲讲你外婆给你讲过的故事，怎么样？我好期待啊"

키키는 솔아 곁에서 누웠지만 잠이 오지 않았어요.
뒤척이는 키키에게 솔아가 먼저 물었어요.
"할머니 생각하고 있구나?"
"응! 할머니께서 많이 편찮으신가 봐.
할머니가 들려주시던 옛날이야기가 너무 그립고 무척 보고 싶어."
키키를 바라보며 솔아가 애써 밝게 물었어요.
"키키야, 우울해하지 말고, 할머니를 생각하면서
나에게 옛날이야기를 들려주면 어떨까? 무척 기대되는데 말이야!"

望着窗边的月亮,琦琦说道:
"月亮如此明亮的天,外婆常给我讲仙女住在月亮上的故事"
舒兒睁大眼睛问道:"仙女住在月亮上?" 琦琦点点头
"哇~!好神奇啊。我听过关于兔子住在月亮上的事,但没听过仙女住在月亮上的事!"
"真的?那我给你讲我外婆常给我讲过的仙女故事,怎么样?"

두둥실 창가에 떠오른 달을 보며 키키가 말했지요.
"둥근 달이 떠오른 날에는 달에 사는 선녀 이야기를 들려주셨어."
솔아가 눈을 동그랗게 뜨고 물었지요.
"달에 선녀가 산다고?"
키키는 고개를 끄덕였어요.
"우와~! 정말 신기하다. 난 달에 사는 토끼 이야기는 들어봤지만,
선녀 이야기는 한 번도 못 들어봤거든!"
"그래? 그럼 내가 할머니께서 자주 들려주셨던 선녀 이야기 들려줄까?"

在很久很久以前，有十个太阳交替升起在天空。

它们承诺一天只有一个太阳升起。

但是有一天，淘气的太阳们没有信守承诺，十个太阳同时升起来了。

世界像大火炉一样迅速升温，河流都干涸了。

于是所有的庄稼都晒死了。

"太热太烫了！。"

"太阳太多了，动物和植物都不能生存了！"

百姓们筋疲力尽，开始陆续饿死。

옛날 아주 먼 옛날에는 하늘에 열 개의 해님이 번갈아 가며 떠올랐어.
그러다 하루에 하나의 태양만 떠오르기로 약속을 한 거야.
그러던 어느 날 개구쟁이 해님들이 약속을 지키지 않고
다 같이 한꺼번에 떠오르기 시작했어.

세상은 금세 가마솥이 끓듯 달아올랐고 물은 다 말랐지.
그래서 농작물도 모두 말라 죽게 된 거야.
"너무 덥고 뜨거워."
"태양이 너무 많아. 동물도 식물도 살 수가 없어."
백성들은 탈진해서 쓰러지고 굶어서 죽기 시작했어.

这件事情惊动了一名叫后羿的年轻人,后羿是以射箭闻名的年轻人。
他决心帮助老百姓摆脱困境。
后羿爬到昆仑山顶,开始向九个淘气的太阳射箭。

이 상황을 본 '후예'라는 청년이
이 곤경에서 벗어나도록 도와야겠다고 결심을 했지.
후예는 활 잘 쏘기로 유명한 청년이었거든.
후예는 단숨에 쿤룬산 꼭대기로 올라가
개구쟁이 아홉 개의 해님을 향해 화살을 쏘기 시작했어.

第一支箭飞出，将一个太阳射入深海。

第二支箭飞出，又一个太阳射到山后。

就这样，第三个，第四个……直至第九个太阳全部被射落。

첫 번째 화살이 슈우웅~ 날아 하나의 해님을 깊은 바다로 첨벙~ 떨어뜨렸어.

두 번째 화살이 슈우웅~ 날아 또 하나의 해님을 산 너머로 쿵~ 떨어뜨렸어.

그렇게 세 번째, 네 번째…

아홉 번째 해님까지 떨어뜨렸던 거야!

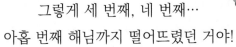

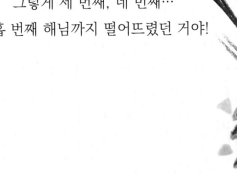

然后对最后一个太阳用命令的口气说道:
"从此以后你必须按时升起,按时落下,不准再危害百姓!"
最后一个太阳吓得直发抖,赶忙答应。
"求求你,救救我吧!如果你救了我,我就信守诺言"
就这样,唯一剩下的太阳如今还在信守着这个诺言。

그리고 마지막 해님에게 명령하듯 말했어.
"지금부터 너는 정해진 시간에 뜨고 져야 하고
백성들에게 절대로 해를 끼쳐서는 안 된다! 알겠지?"
하나 남은 해님은 벌벌 떨며 대답했어.
"네! 제발 살려만 주세요~ 살려주시면 약속을 꼭 지킬게요."
그렇게 하나 남은 해님이 지금까지도 약속을 잘 지키고 있는 거야.

后羿拯救了百姓之后,受到了百姓的尊敬和爱戴。
"嘿!后羿拯救了世界!后羿真棒!"
"后羿万岁!"

没过多久,他取到了一个善良而漂亮的妻子,叫嫦娥。
两人从此过上了幸福的生活。

후예는 모든 백성을 구해낸 후 사람들의 존경과 사랑을 받기 시작했어.
"이야~후예가 세상을 구했어! 후예가 최고야!"
"야호~후예 만세!"

얼마 후, 그는 '항아'라는 예쁘고 마음씨 착한 아내도 맞이하게 되었어.
둘은 오순도순 행복하게 살았지.

后羿也收了很多的弟子,他们住在一起。
大家见后羿的英勇举动,便相约而来,拜后羿为师。

후예에게는 제자들도 많이 생겨서 그들도 함께 살게 되었어.
후예의 용감한 행동을 보고 서로 무예를 배우겠다고 찾아온 거야.

19

有一天,后羿路过昆仑山,遇到了王母娘娘。
王母娘娘似乎像等待着后羿一样,给了后羿两颗仙丹。
对他说:"你保护百姓有功,我把这仙丹送给你。
吃了这颗仙丹就能长生不老,吃掉两颗就能立刻成仙。"
后羿舍不得吃掉仙丹就拿回家交给妻子。他告诉妻子,
这仙丹很珍贵,请勿必保管好!

어느 날, 후예가 쿤룬산을 지나가다가 신선인 서왕모를 만났어.
서왕모는 기다렸다는 듯이 다가와 후예에게 신선들이 먹는 약인 선단 두 알을 주었지.
"당신이 백성들을 도운 공이 크기에 이 선단을 드립니다.
한 알을 먹으면 늙지 않고 영원히 살 것이며,
두 알을 먹으면 바로 신선이 될 거예요. 중요한 곳에 잘 쓰도록 하세요."
후예는 선단을 먹기 아까워서 집으로 가져왔어.
그리고 항아에게 주며 말했지.
"항아! 이것은 귀한 것이니 잘 보관해주시오. "
항아는 소중한 이 약을 얼마나 잘 보관했겠어?

在后羿那么多的弟子中,有一个贪婪的少年叫蓬蒙。
这个场面不料却被蓬蒙看到了。
蓬蒙想:'嘿嘿!还有这么珍贵的宝物啊,一定要它拿到手!'
蓬蒙不再想学武功了,他只想着偷走那珍贵的仙丹。
有一天,后羿带弟子们出去打猎,蓬蒙却假装自己生病留在了家里。

后羿带着弟子们出门后,蓬蒙觉得是这时候了。
他拿着棒子走进屋里,对嫦娥恶狠狠地说:
"快快交出仙丹,否则不会放过你!"
嫦娥知道她无法击败蓬蒙,心想
'不能把这宝贵的仙丹交给像蓬蒙这样的坏蛋!'
嫦娥推开蓬蒙冲到屋子里,拿出仙丹,一口把两颗仙丹吞了下去。

후예의 많은 제자 중에 욕심 많은 봉몽이라는 청년이 있었어.
그런데 하필 봉몽이 이 모습을 보고 만 거야.
'히히! 저런 귀한 보물도 있군, 저런 귀한 건 내 손안에 넣어야지!'
봉몽은 이제 무예도 필요 없고 온통 약을 빼앗을 궁리만 했어.
후예가 제자들을 데리고 사냥을 나가는데, 봉몽이 꾀병을 부려서 혼자 남아있게 된 거야.

후예가 제자들과 나간 후 봉몽은 이때다 생각했어.
방망이를 들고 집 안으로 들어와 무섭게 항아에게 달려들었지.
"선단을 빨리 내놓아라! 아니면 가만 두지 않겠다."
항아는 자신이 봉몽을 이길 수 없다고 생각하고 결심했어.
'봉몽처럼 나쁜 사람에게 이 귀한 선단을 줄 수는 없어!'
항아는 봉몽을 밀쳐내고 방으로 뛰어 들어가 재빨리 약을 꺼내서 꿀꺽 삼켜버렸어.
두 알 모두 다 말이야.
선단을 절대로 빼앗겨서는 안 된다고 생각한 거지.

嫦娥咽下仙丹,她慢慢地飘离地面,朝天飞去,
嫦娥就这样成了神仙。她万念俱灰,向王母娘娘乞求:
"请让我去靠近人类的地方吧!"
王母娘娘虽然同情,可无能为力。
"月亮与人间近,但是那里十分寒冷,如果你执意要去的话......"
嫦娥坚定地说:
"我愿意!只要能看到后羿,让我去哪都愿意!"

后羿回来后,想去找蓬蒙报仇,但是这坏蛋早就跑没影了。
痛苦的后羿仰望着夜空,直喊:
"嫦娥!亲爱的妻子!你到底在哪?请你回到我身边,我好想你!"

선단을 삼키자 항아의 몸이 천천히 땅에서 하늘로 날아올랐어.
이렇게 신선이 되어 버린 항아는 모든 것을 체념한 체 서왕모에게 사정을 했어.
"제발 인간 세상과 가까운 곳으로만 가게 해주세요!"
서왕모는 안타까웠지만 어쩔 수가 없었어.
"달은 인간 세상과 가장 가깝지만, 그곳은 너무 추워요. 그래도 가겠다면......"
항아는 결심한 듯 말했어.
"네! 가겠어요. 남편을 볼 수 있는 곳이라면 어디든 좋아요. 제발 부탁드려요"

후예는 봉몽을 찾아가 복수하고 싶었지만
봉몽은 벌써 어디로 도망갔는지 찾을 수가 없었어.
괴로운 후예는 밤하늘을 보며 하염없이 항아를 불렀지.
"항아, 사랑하는 나의 아내! 어디 있소? 제발 내 곁으로 돌아와 주오. 보고 싶소."

突然他惊奇地发现，月亮上好像有个身影在晃动。
'哦？那是什么？是人吗？'
'没错，就是人，那不是嫦娥吗？'
就是，后羿我没看错。
嫦娥也在月宫里朝着人间张望，正寻找后羿！

그때 후예의 눈에 무언가가 보였지,
달에 사람 그림자 같은 것이 흔들리고 있었어,
'어? 저건 뭐지? 사람인가?'
'맞아, 사람이잖아. 항아 아닌가?'
그래 잘못 본 게 아니었어.
항아도 달나라 궁전에서 인간 세상을 바라보며
후예를 애타게 찾고 있었거든.

25

后羿连忙在月宫下摆上小桌,放上嫦娥平时最爱吃的水果和月饼。
向月亮伸出手,悲伤的声音说道:
"你喜欢的月饼!能下来尽可能多吃该多好呢!"
向月宫里的嫦娥,表达自己的思念之情。

百姓们听说这件事后,也在月亮下摆上点心和月饼向善良的嫦娥,祈求吉祥和平安。
后来,每年阴历八月十五人们就开始纪念这一天。
久而久之,就演变成了我们今天的中秋节。

후예는 급히 작은 상을 마당으로 가지고 나와서
항아가 평소에 좋아하던 과일과 월병을 차려 놓았어.
그리고 저 하늘 위 달나라에 손을 뻗으며 슬픈 목소리로 말했지.
"당신이 좋아하는 월병이요! 내려와서 실컷 먹을 수 있으면 좋을 텐데……"
항아를 향해 그리운 마음을 표현했어.

백성들은 이 이야기를 전해 듣게 되었어.
그래서 백성들도 간식과 월병을 차려 놓고
착한 항아를 향해 행복과 평안을 빌었는데.
그때부터 매년 음력 8월 15일이 되면
사람들은 그날을 기억하고 기념하게 된 거야.
오랜 시간이 지난 지금도,
항아를 위한 월병은 중국의 추석 풍습으로 이어지고 있지.

看着讲完故事想起外婆一言不发的琦琦, 舒兒说道:
"琦琦! 不要太伤心! 你外婆去世后一定会一直在月宫守护者你! 就像嫦娥一样!"
听到舒兒的话琦琦望着月亮, 双手合十祈祷。
"我外婆也是心地善良的人! 请让我外婆也像嫦娥一样在月宫上能看到我! 求求你!"
两人谈着谈着不知不觉前往梦境之地。

이야기를 마친 키키가 할머니 생각에 아무 말 없이 조용히 있자 솔아가 말했어요.
"키키야! 너무 슬퍼하지 마!
너희 할머니도 돌아가시면 달나라에서 항상 널 지켜보고 있을 거야!
항아처럼 말이야!"
그 말은 들은 키키가 달을 보며 두 손 모아 빌었어요.
"저희 할머니도 착하고 좋은 분이세요!
꼬~옥 항아처럼 달나라에서 저를 볼 수 있게 해주세요.
둘은 이야기를 주고받다 어느덧 스르르 꿈나라로 향했답니다.

키키의
월병요리교실

재료
1) **반죽재료**: 중력분 185g, 아몬드가루 30g, 꿀 40g, 버터 45g, 설탕 40g, 달걀 2개, 소금 약간
2) **달걀물**: 달걀 노른자 2개, 물 1작은술
3) **속재료**: 팥 앙금 290g, 호두 50g

1. 버터를 전자레인지에 넣고 녹이세요.

2. 설탕, 꿀, 소금을 넣고 섞으세요.

3. 실온상태의 달걀을 조금씩 넣어가며 거품기로 저으세요.

4. 체에 내린 중력분, 아몬드가루를 넣고 주걱으로 섞으세요.

5. 반죽을 랩이나 비닐에 담아 냉장고에 넣고 1시간 정도 휴지시키세요.

6. 팥 앙금에 다진 호두를 넣고 섞으세요.

7. 팥 앙금을 20g씩 나눠 둥글리세요.

팥앙금

호두

8. 반죽은 23g씩 나눠 둥글리세요.

9. 밀가루를 뿌린 반죽을 밀대로 납작하게 만드세요.

10. 팥 앙금을 올려 반죽으로 앙금을 잘 감싸세요.

11. 반죽을 몰드를 끼운 쿠키스탬프에 넣고 꾹꾹 눌러 빈 공간이 없게 하세요.

12. 쿠키스탬프를 오븐 팬에 대고 찍어 팬닝해 표면에 달걀 물을 바른 다음
180도로 예열한 오븐에서 8분, 190도로 온도를 높여 5분간 구우세요.

집에서도 간편하게 맛있는 월병을 만들어 먹을 수 있어요.